Naughty Thoughts & Intimate Imaginations

Swear words Coloring Book For Women

MW00956100

NO ONE
MAKES MY
PANTIES
WET LIKE
YOU DO

CUM
on my
tits.

BEND ME
OVER
&
FUCK ME
HARD

FILL
ME
UP

COLOR TEST PAGE

COLOR TEST PAGE

LET'S FUCK,
CUDDLE,
THEN
FUCK AGAIN

BEND ME
OVER
&
FUCK ME
HARD

I cant taste
my lips.
Could you do
it for me?

GiVE ME
EVERY LAST
DROP OF YOUR
CUM

Face Down
Ass up

I WANT TO
TASTE MY
PUSSY ON
YOUR COCK

CUM
FOR ME
BABY

PULL MY
HAIR
TONIGHT

FILL
ME
UP

I'd like
a good
licking
please

No one
Makes my
panties
wet like
you do

Make me
beg

FUCKING
YOU IS MY
FAVORITE
THING TO DO

MAKE ME
SCREAM
YOUR NAME

CUM
on my
tits.

Make me
scream
make me
cream

Slap
my ass
&
call me a
good girl

Wine me
Dine me
69 me

Yes,
Daddy
Don't stop

LICK
MY
SLIT

spank me,
trust me, i
deserve it

Skip The
Bullshit
Lets Fuck

i love the
way you
fuck me

Thank You
From My
Vagina

Rip my
Panties OFF

kissing you gets
me tingling
in all the
right places

I want to
Taste you
on me

grab
my ass

GREAT MINDS
FUCK
EACH OTHER

Your dick is the best thing I've ever put in my mouth

Made in the USA
Monee, IL
29 November 2024

71638363R00037